QUE VONT DEVENIR

LES

BONAPARTISTES ?

PAR

GEORGES LACHAUD

PARIS

E. DENTU, ÉDITEUR

LIBRAIRE DE LA SOCIÉTÉ DES GENS DE LETTRS

PALAIS-ROYAL, 15-17-19, GALERIE D'ORLEANS

1879

QUE VONT DEVENIR

LES

BONAPARTISTES ?

QUE VONT DEVENIR

LES

BONAPARTISTES ?

PAR

GEORGES LACHAUD

PARIS

E. DENTU, ÉDITEUR

LIBRAIRE DE LA SOCIÉTÉ DES GENS DE LETTRES

PALAIS-ROYAL, 15-17-19, GALERIE D'ORLÉANS

1879

Le Prince Impérial est mort, mort pour une grande cause. Il était parmi ceux qui vont conquérir à la civilisation ces terres profondes de l'Afrique, dont l'inconnu formidable a arrêté le monde ancien et le monde moderne. Il est tombé en pionnier, et l'histoire gardera, de ce juvénile héros, un tendre souvenir.

Que vont devenir les bonapartistes? Toutes nos espérances sont-elles ensevelies sous les plis du grand manteau de guerrier qui recouvre ce cadavre mutilé?

Le nom de Napoléon, ce symbole de nos convictions, s'est-il évanoui tout entier? Et ces convictions elles-mêmes, raisonnées, inébranlables, rentreront-elles pour jamais dans la région des rêveries philosophiques?

QUE VONT DEVENIR LES BONAPARTISTES ?

PREMIÈRE PARTIE

Irons nous à la République ?

« Pourquoi pas? nous dit-on; la République est plus près de l'Empire que la Monarchie. Car l'Empire et la République procèdent de la souveraineté nationale. Les bonapartistes doivent aujourd'hui surmonter les répugnances que leur inspire la République. »

C'est là un langage qui ne fera d'adeptes que parmi

ceux dont les convictions tiennent plutôt du sentiment que du raisonnement. La République nous a causé des défiances ; pourquoi la lance d'un sauvage changerait-elle ces défiances en sympathies ? Nous étions les adversaires de la République pour des raisons qui subsistent entières, et le dévouement profond que nous ressentions pour le Prince Impérial était la moindre de ces raisons.

Qu'ont donc fait les républicains depuis trois années pour nous rallier à leurs doctrines ? Une seule chose ; ils se sont gobergés.

Les républicains se gobergent.

Les républicains se gobergent ; voilà la vraie formule du gouvernement actuel. Certes les bonapartistes se sont gobergés autrefois et gobergés sérieusement.

Seulement, au milieu des plaisirs qu'ils ne se refusaient pas, ils commençaient par restaurer le prestige de la France ; ils amélioraient (lentement, beaucoup trop lentement) la législation ; ils présidaient à une prospérité réelle.

Ils se gobergeaient au milieu des noces de Gamache, péché véniel. Les républicains ont trouvé moyen de se dresser des tables bien servics sur le radeau de la

Méduse, là est le scandale. De plus, ils sont gloutons et ils se tiennent mal à table. Rien n'est plus laid que leur festin. On dirait d'une noce de barrière. Ils ne mangent pas, ils dévorent. Avalant morceau sur morceau, accumulant traitement sur traitement, agrippant gains suspects sur gains honteux, gorgeant leur domesticité qui crie la faim. C'est vilain.

Les bonapartistes n'étaient pas tous des gentilshommes et beaucoup n'avaient connu que de réputation les genoux des duchesses.

Eh bien ! ils n'étaient ni déplacés ni grotesques.

Ils prirent, quel qu'eut été leur ancien métier, des allures parfaitement correctes ; on eût dit qu'ils n'avaient jamais cessé d'être ministres ou ambassadeurs.

On essayait de rire d'eux et d'en faire rire ; on n'y réussissait pas. Ils se sentaient chez eux, parmi les splendeurs du pouvoir.

Les puissants d'aujourd'hui ont l'air d'intrus et, quoiqu'ils affectent des façons de maîtres, plus ils se vautrent sur les fauteuils, plus on sent que leur aplomb est pure affectation. Ils s'installent dans des palais et l'on s'étonne. Pour prouver qu'ils en ont le droit (que nul ne leur conteste), ils multiplient les aménagements luxueux et les modifications confortables et l'on s'étonne. Leurs installations ressemblent à des émeutes; elles se font le drapeau à la main, comme celle de M. Gambetta au palais Bourbon, et l'on s'étonne encore.

Toute cette transformation républicaine ressemble un peu à une mascarade.

Lorsque les cardinaux s'agenouillent aux pieds de M. Grévy, M. Grévy se sent inquiet et les gardes-nobles de l'escorte dissimulent mal leur embarras. Pourquoi? Tous ces honneurs royaux répondaient jadis à un ordre d'idées qui doit subsister ou disparaître tout entier. Les formalités qu'on en garde semblent déplacées, parce qu'elles ont perdu leur sens profond, et, qu'isolées, elles sont injustifiables et incompréhensibles. Quand M. Grévy écrit à un souverain: « mon grand ami » il fait sourire. Il n'est pas le « grand ami » des rois; il est, si son gouvernement devient fort et durable, leur grand ennemi, car la République installée avec succès dans un pays monarchique menace toutes les monarchies; d'autre part, si son gouvernement reste précaire, il est un passant heureux qui, en se gonflant à l'égal des monarques, subit l'accident dont pâtit la grenouille de la fable.

Mais changer des formules, modifier un cérémonial, c'est encore trop pour eux. Ils se gobergent, rien de plus. Ils sont entrés au pouvoir comme dans un hôtel garni. Ils se servent de tout, à la façon de maladroits qui auraient envahi un logis opulent. L'usage des choses leur échappe, et ils veulent pourtant s'en servir. Ils mettent les habits à l'envers et se trompent sur la destination des ustensiles ; mais que leur importe ? Il faut qu'ils se procurent tout ce que les autres se sont donné de jouissances et de faste. Pauvres bonnes gens !.....

Cette résolution bien arrêtée qu'ont prise les républicains de s'en tenir à la digestion, est-elle la meilleure ?

Oui, certainement, pour le pays. Non point qu'il n'y ait à opérer beaucoup de changements ; mais les républicains ne pourraient commettre que des erreurs. Ils savent admirablement comment on conquiert le pouvoir ; ils ignorent comment on l'exerce.

Où auraient-ils pris des notions exactes et pratiques sur les affaires ?

Que connaissent-ils des finances, des impôts, des travaux publics, de la justice, de l'administration, de l'économie politique ?

Au temps où nous sommes, il faut la vie d'un homme pour étudier complétement une branche quelconque des connaissances humaines.

Les détails sont devenus tellement multiples que l'intelligence doit, sous peine de trop embrasser, se borner à l'examen complet d'une spécialité. Il semble donc, comme conséquence impérieuse, qu'un homme spécial devrait, en notre temps, diriger chaque sorte de service public.

Au lieu de cela, le gouvernement actuel est précisément livré à des personnages qui n'ont généralement aucune spécialité que celle de la politique et qui ne sauraient faire d'améliorations qu'en politique, c'est-à-dire qui sont obligés de tourner dans le cercle infécond des transformations constitutionnelles.

Il est donc en réalité bien heureux pour la France que les républicains aient, grâce à la satisfaction qu'ils éprouvent de leur nouvelle position et aussi à la crainte qu'ils ressentent de perdre le pouvoir, une invincible répugnance contre tout changement important; sans cela, ils bouleverseraient tout avec ignorance et couvriraient la France de ruines! Mais ils n'ont garde, et voilà ce qui nous sauve... pour un temps; car une nation qui s'arrête, périt!

C'est une cause de plaisanteries innombrables et de reproches sanglants, que cette immobilité des républicains arrivés aux affaires; d'autant plus que leur haine de toute réforme contraste d'une façon cynique avec les promesses d'améliorations qu'ils ont faites jadis avec fracas. Cette contradiction est si choquante qu'elle a fourni matière à des critiques de toute espèce. Le roman et le theâtre ont peint à satiété ce détracteur acharné du pouvoir d'autrui; cet utopiste fécond en grandes conceptions; cet ami et ce courtisan du peuple, qui, lorsqu'il est revêtu de la puissance par le hasard des événements, s'étonne que chacun ne soit pas satisfait comme il l'est lui-même, reproduit, en les exagérant, les errements de ceux qu'il remplace, et ordonne de terribles mesures de répression contre les gens, qui, imitant sa conduite passée, blâment énergiquement les abus dont maintenant il profite. L'histoire a légué à maintes reprises ce mot, que tous les ambitieux repus ont répété avec des variantes : « Rentrez chez vous, mes amis, plus de barricades ; la révolution est finie..., je suis ministre ! »

Le journalisme use la verve et la mémoire de ses écrivains à enregistrer les rétractations des hommes qui se succèdent aux affaires. Le seul moyen d'arriver au pouvoir est de tout promettre ; le seul moyen de s'y perpétuer est de ne rien tenir.

Et le public rit, et le public s'irrite. Mais les républicains, un peu confus les premiers jours, cherchent des excuses et trouvent des prétextes : « Le moment, disent-ils, n'est pas opportun pour les réformes. »

On se tait, et ceux qui ne se taisent pas sont accusés d'impatience, d'imprudence ou de trahison.

Pourtant, au fond du cœur, beaucoup se demandent quand viendra le moment opportun.... Il ne viendra jamais !

Ou bien, les républicains seront inquiétés, harcelés par leurs adversaires, ils ne parviendront pas à faire le calme ; et alors, lorsqu'on leur parlera de réformes, ils répondront : « Quoi, des réformes ! à l'heure où tous nos efforts sont tournés vers le rétablissement de l'ordre et de la prospérité, au moment où le gouvernement est en lutte perpétuelle avec ses ennemis ! Que dirait-on d'un général qui voudrait tenter des expériences d'économie politique dans une ville assiégée ? Pour l'instant, il faut que nous restions tout occupés du salut de l'État ; quand l'État sera sauvé, nous pourrons nous intéresser aux perfectionnements à introduire dans sa législation. » Si, au contraire, les républicains sont arrivés à maintenir un certain ordre, si l'État végète dans une apparente tranquillité, ils répondront : « Mais que demandez-vous de plus ? Tout va bien. On travaille, on fabrique, on a la paix. Pourquoi risquer le connu pour l'inconnu ? »

C'est une histoire éternelle, qui se reproduira éternellement.

« Mais, dira-t-on, et les radicaux ! et les intransigeants ! » et les hommes à principes ! Les républicains engraissés d'aujourd'hui seront remplacés par les républicains à engraisser. Y gagnera-t-on quelque chose ? Non ! On prononce des noms qui semblent terribles : ceux qui portent ces noms ont montré jadis des indignations tumultueuses, quand ils n'avaient aucune espérance de parvenir. Aujourd'hui, l'approche seule du pouvoir les a calmés. Ils parlent déjà des difficultés d'application, se préoccupent des droits acquis, et entrevoient les périls de certaines destructions. Que sera-ce quand ils possèderont cette puissance dont l'espoir seul les adoucit ? Ils se gobergeront à leur tour, d'autant plus qu'ils auront attendu davantage ; et, d'un air ennuyé, mais digne, M. Clémenceau posera la barrette sur la tête de Mgr Forcade, nommé cardinal, avec l'agrément de M. Louis Blanc.

D'où vient cette loi inflexible de la palinodie dans les républiques ? De ce que, sous ce régime faible par essence, on se trouve en présence d'une terrible alternative.

Sang ou imbécillité ?

La République est condamnée à rester stationnaire ou à devenir révolutionnaire, parce qu'elle ne peut marcher en avant qu'à la condition de tout bouleverser. — C'est là un vice originel que rien ne peut corriger. M. Thiers l'exprimait par ces mots pittoresques et célèbres : « le sang ou l'imbécillité. » L'immobilité pour un gouvernement, c'est l'imbécillité ; le bouleversement, c'est le sang.

Nous croyons qu'un conservateur, parfaitement ennemi de toutes les réformes, pourrait s'accommoder de la République ; la République est en effet capable de ne rien faire, elle l'a victorieusement prouvé. Elle n'a tenté aucune amélioration ; — c'était l'imbécillité. Aujourd'hui on dirait qu'elle commence à bouger ; et elle le fait si maladroitement qu'elle menace de tout briser et que ce sera le sang.

D'où vient cette sorte de fatalité ?

Tient-elle à la forme républicaine examinée théoriquement ? Non. Les républiques ont obtenu parfois, moins souvent peut-être que les monarchies, mais quelquefois cependant, de grands et solides résultats. Elle tient tout simplement à la situation de la République en France.

Que les républicains le veuillent ou non, la République en France est un régime de liberté.

Certes, suivant en cela la propension naturelle à tous les puissants, les républicains, maintenant qu'ils ont le pouvoir, le voudraient aussi ample, aussi indiscuté que possible et nous assistons à ce triste spectacle, qui donne une idée exacte de la décomposition intellectuelle des politiques français : les autoritaires défendant la liberté qu'ils jurent de supprimer un jour ; les républicains condamnant la liberté qu'ils ont juré de rétablir.

Si les républicains parvenaient à supprimer la liberté, s'ils y substituaient la domination d'un comité, puis la domination d'un homme, ils feraient peut-être de grandes choses comme en fit la Convention, par exemple ; — seulement ce ne serait plus la République, et nous aurions à examiner s'il faudrait combattre ce nouveau gouvernement, quel que fût du reste son nom, au cas où il s'incarnerait dans un homme digne de la toute-puissance.

Mais aujourd'hui nous avons bien la République c'est-à-dire sinon la liberté, du moins l'affaiblissement libéral. Poursuites, révocations, lois d'exception, rien n'empêche que nous n'ayons un gouvernement hésitant. En somme, on peut crier dans la Chambre que l'on veut renverser le gouvernement, on peut le dire dans les réunions, le répéter dans les journaux. Il est vrai qu'on est quelquefois poursuivi, mais ce sont là des éventualités peu formidables, où l'avantage de la popularité qu'on retire de la persécution, surpasse de beaucoup les minces désagréments qu'on subit.

Or, en France, un gouvernement qui se laisse attaquer a tout juste le temps de se défendre et ne saurait songer à autre chose. De là l'immobilité ou, si on le préfére, l'imbécillité de la République.

Mais qu'arrive-t-il si la République marche en avant malgré les préoccupations constantes de sa propre défense ? Alors l'œuvre de désorganisation apparaît plus complète encore.

Tous les appétits se déchaînent ; ce ne sont plus les adversaires de la République qui l'entravent, ce sont ses amis qui l'entraînent. Nous avons écrit jadis qu'on ne peut faire en France de socialisme que « le revolver au poing ». Cela est vrai pour toutes les réformes. Il y a dans notre société déchaînée de telles envies, et aussi de telles misères que la moindre lueur d'espérance affole tous ces envieux, tous ces misérables. C'est alors la curée; non point la curée des places où, en somme, on est obligé de ne point croquer tout de suite celui qui vous donne votre pâture, c'est la vraie curée de la meute affamée qui dévorera à la fois la bête et le piqueur, si celui-ci ne tient pas son fouet très-ferme.

Tandis qu'un pouvoir solide n'abandonne pas une seule miette de son autorité, tout en satisfaisant peu à peu les vœux de l'opinion publique, la République, dès qu'elle fait mine de concéder quoi que ce soit, n'est plus assez forte pour contenir les passions qu'elle a mises en mouvement. Et alors c'est le sang, beaucoup de sang ; car, s'il y a des convoitises féroces et ineptes, il y a aussi des résistances également féroces et également ineptes.

Les républicains radicaux qui demain seront les maîtres savent tout cela. Nous pensons qu'ils préféreront encore en rester à l'imbécillité, et ils se gobergeront à leur tour. Ils se gobergeront, qu'ils aient pour chef Gambetta, Clémenceau ou Rochefort. Les Communards, si on les eût laissés en paix, eussent oublié les otages pour mettre Chevet sur les dents.

Comment s'est soutenue la République.

La seule habileté des hommes de notre gouvernement, et cette habileté n'est pas sans mérite, a été d'occuper constamment l'opinion publique de choses politiques qui n'engagent aucune responsabilité et laissent en suspens toutes les questions sérieuses. Si l'on touchait aux lois d'impôt, aux questions extérieures, aux rapports du capital et du travail, on soulèverait de véritables orages. Il faut, pour aborder de front ces problèmes, des esprits très-supérieurs ou très-hardis; très-supérieurs pour les résoudre, très-hardis pour oser simplement les poser. Là les intérêts qu'on lèse se résolvent en haines brutales, de ces haines qu'on ne calmerait qu'en restituant à ces intérêts ce qu'ils ont perdu, c'est-à-dire en supprimant la réforme effectuée. Ce sont là des éventualités faites pour épouvanter les esprits timides qui, se complaisant au pouvoir, tiennent à ne pas le risquer. Aussi, faut-il alimenter l'opinion publique toujours anxieuse et désireuse de changement, la passionner, exciter même des haines, mais des haines passagères qui, nées d'indignation, ne se nourrissent pas d'intérêts lésés.

Depuis trois ans, les républicains se sont montrés de vrais virtuoses dans l'art de distraire le pays de ce qui lui importe le plus.

Une année s'est écoulée à multiplier les invalidations de députés. Rien de plus futile et rien de plus bruyant. De plus futile, car si la première élection est légitime elle se reproduit de nouveau; on en a vu des exemples frappants. Si au contraire elle est entachée de pression, le sort du député invalidé est mérité et l'invalidation ne devrait exciter aucune clameur. Rien de plus bruyant, car le député touché dans le vif de son triomphe regimbe, crie ; ses électeurs piqués au jeu font chorus ; le combat recommence, s'accentue, se prolonge et le pays regarde avec la même curiosité que s'il suivait la lutte de deux chevaux favoris. Les paris s'engagent et les coups de cravache pleuvent au figuré et parfois au propre. Donc bruit, tapage, colères, mais tout cela à la surface. Sauf le député invalidé, tous oublient bien vite cette haine qui mousse mais n'inonde pas et l'agitation a occupé les esprits sans irriter les cœurs.

Après les invalidations, les incidents. Un jour c'est un ministre qui sombre au milieu de soupçons outrageants; pendant deux mois on ne s'occupe que de la probité du cabinet. Grand scandale, mais répit! Puis, c'est le Président de la République qui change; rires, acclamations, espérances et comparaisons; mais répit! Voici un député qui s'emporte; sera-t-il traduit en justice? Il est acquitté : approbations, déceptions, acclamations; mais répit! Au milieu de tout cela, polémiques, cancans, duels; mais répit!

Répit encore, les interminables et fort adroites hécatombes de fonctionnaires. Ici, aucune équivoque! Droit évident, devoir impérieux pour les gouvernements qui sont obligés de ne point se donner eux-mêmes la mort, d'être servis à tous les degrés de la hiérarchie et dans toutes les branches de l'administration par des partisans dévoués. Épuration absolument morale, car il n'existe pas de scandale plus fait pour corrompre les âmes et amollir les consciences, que de retrouver requérant contre les monarchistes le procureur général qui tonnait hier contre les républicains ; que de voir dans l'administration, dans les bureaux, dans les conseils de la République, ceux qui se sont acharnés à la combattre, et même que de distinguer, parmi les juges qui rendent la justice en son nom et qui condamnent ses adversaires, les anciens persécuteurs des maîtres d'aujourd'hui. Tant qu'il y aura des procès politiques, les magistrats devront être soumis de cœur et d'esprit au gouvernement qu'ils défendent, sous peine d'être ou renégats ou traîtres.

Si donc, d'un coup, en trois numéros du *Journal officiel* et en deux articles de loi, on eût, après avoir fouillé partout, jeté dehors ceux qui ne comprenaient pas que leur dignité leur commandait de sortir, quelques-uns eussent protesté pour la forme, mais beaucoup auraient jugé au fond du cœur que la mesure était juste. Seulement, l'attention publique se fût bien vite détournée d'un incident aussi naturel et aussi justifié.

Au contraire, depuis deux années, on tient le pays en suspens. Notre peuple de solliciteurs, chez lequel le budget joue l'office d'une fortune qui viendrait aux gens qui dorment dans les antichambres, se divise en deux parts égales : ceux qui sucent ce budget et ceux qui voudraient le sucer. Donc, d'une part, voici les premiers qui, menacés par une destitution toujours suspendue sur leur tête, s'épouvantent. Leurs familles se désolent, leurs amis s'inquiètent; si la destitution frappe, il faudra aider, soutenir, employer les victimes, source prochaine de tracas et de dépenses! Aussi quelle émotion, que de démarches! On hait, mais on sollicite! Qui dira jusqu'à quel degré de platitude on sait honorablement descendre pour sauver un ami qui, s'il tombait dans la détresse, pourrait vous emprunter de l'argent? De ce côté-là, tant que des milliers d'adversaires se cacheront au fond du fromage du budget, beaucoup, dans les partis monarchiques, ne songeront pas aux grosses questions vitales; ils défendront leur part de fromage, absorbante occupation!

Et, de l'autre côté, que d'espérances, que d'appétits, que de méditations! Tout ce qui a peu de talent et pas du tout d'activité; tout ce qui veut arriver sans avoir même tenté de partir ; tout ce qui a échoué par accident ou par incapacité ; tout ce qui a perdu à la grande loterie de la vie, comprend que l'heure solennelle est venue. C'est seulement dans la vaste entreprise gouvernementale que les places se trouvent tout à coup offertes en grand nombre. En notre temps, il est plus facile de devenir conseiller d'État que commis à trois mille francs ; il est vrai que l'emploi de conseiller d'État est plus accessible à toutes les intelligences. Il faut donc profiter de la circonstance qui ne se reproduira plus avant la prochaine révolution. Tous les bohêmes, tous les déclassés, tous les utopistes qui, si les places avaient été distribuées d'un coup, inventeraient de nouvelles religions, prêcheraient le communisme, élaboreraient des plans de barricades, péroreraient dans les clubs ou organiseraient des sociétés secrètes, se tiennent encore tranquilles, les mains ouvertes, prêts à saisir ce qu'on leur jettera. Et derrière eux, une foule attentive, celle des gens qui défendent avec vigueur, contre leurs sollicitations, une pièce de cent sous éternellement empruntée. Si, en une seule fois, on eût attribué toutes les fonctions, M. A..., avocat de province, qui rêve d'être procureur général, eût déjà au lieu de ménager le gouvernement, comme il le fait depuis trois ans, renversé dix préfets; M. B..., médecin, qui, souhaitant une préfecture, parle respectueusement de M. Waddington, sauvegarde de la paix européenne, reconnaîtrait que les rois haïssent la République parce qu'elle menace leur couronne et que les cabinets la tolèrent parce qu'elle affaiblit la France; M. C..., qui aspire à une sous-préfecture, parlerait plus rarement du coup d'œil d'aigle que possède M. Lepère.

C'est donc une tactique fructueuse et habile que de tenir ainsi en suspens toutes les craintes et toutes les espérances d'un pays, sans précipiter dans l'opposition ardente les serviteurs remerciés ou les ambitieux déçus.

Répit encore, répit toujours! répit, sauf un jour! Un maladroit, qui pourrait bien ressentir de vraies haines, chose encombrante au pouvoir, a touché, sans s'en douter peut-être, à une question sérieuse. Il s'est attaqué à la prospérité des congréganistes, et a prétendu fermer les établissements où le monde à la mode se fournit d'instituteurs. Qui dira jamais quelle division profonde jette dans ce pays l'instruction congréganiste; quels jeunes gens différents des autres elle sait former? Éducation sentimentale, s'il en fut, qui fait des héros plutôt que des hommes, et grâce à laquelle on apprend plutôt à bien mourir qu'à vivre utilement. Ce serait une œuvre de géant que de supprimer ces écoles de chrétiens convaincus, c'est-à-dire d'ennemis déterminés des idées modernes; ennemis qui, leur vie durant, garderont la marque indélébile de la maison religieuse, qui seront vaccinés contre la contagion de tout ce qui fait la faiblesse et la grandeur de ce temps. Celui qui, sans retour, mettrait à néant cette puissance séculaire si habile à s'emparer des jeunes âmes, aurait détruit l'obstacle principal au succès des révolutions futures. Car c'est l'élite des classes sociales que l'éducation congréganiste écarte définitivement des sentiments professés, à tort ou à raison, par la majorité du pays.

Œuvre de géant! avons-nous dit. Donc œuvre ridicule à entreprendre quand on est une République capable à peine de subsister, et qu'on tente cette œuvre sans y avoir réfléchi, comme s'il ne s'agissait que de mettre à la porte un Président ou un Empereur!

Amis et ennemis de la République.

La République se soutient surtout par les haines qu'elle sert. En criant : « Vive la République ! » il semble qu'on crie : « à bas tout ce qui est en haut. » Car la République est encore, quoiqu'elle ait le pouvoir, un parti d'opposition. En effet, les hommes qui combattent la République tiennent presque tout ce qui est enviable et important. Les républicains, ou du moins quelques-uns d'entre eux occupent des places plus ou moins lucratives ; ils commandent à quelques employés tout disposés à les trahir ; ils dirigent les Parlements ; c'est peu de chose. Socialement parlant, ce sont leurs adversaires qui gardent le premier rang. L'argent, puissance formidable, est aux adversaires de la République ; ceux-ci encombrent et honorent toutes les carrières ; ils portent les grands noms historiques, ils forment cette confédération des salons qui est une sorte d'Internationale rose, aussi influente que les Internationales rouge et noire. Tout cela excite au suprême degré l'envie, et partant, la haine.

Si bête est le populaire qu'il se sent plus humilié par le jeune vicomte qu'il voit passer dans un phaéton, que par l'omnipotence du président de toutes les gauches. Or ceux qu'on envie exècrent la République ; donc on les nargue en l'acclamant. De là le plaisir qu'on ressent à crier : « vivat ! » C'est ainsi par toute la France.

Cette efflorescence d'envie donne, en dehors des grands villes, aux luttes politiques, un caractère terrible de haine.

Elle amène des persécutions mesquines de la part des républicains, et une soif immense de vengeance et de représailles de la part des ennemis de la République.

Ces ennemis sont nombreux et ardents.

Il est intéressant de voir comment ils combattent le gouvernement qui les crible de coups d'épingle.

Les ennemis de la République se sont cantonnés dans une seule politique, la politique du pamphlet. Pamphlet dans le journal, pamphlet dans le livre, pamphlet du haut de la tribune. Ni programme ni discussion : l'attaque implacable et incessante. Nous reconnaissons que la tentation devait être forte pour eux. En face d'un personnel d'adversaires généralement avariés, il était difficile de résister à l'attrait des révélations piquantes. Qui pourrait, lorsqu il entend un républicain parler de son éternel dévouement à la République, trouver dans sa propre réserve le courage de ne pas lire une lettre où le même fidèle offrait à l'Empereur des dévouements tarifés? Qui pourrait, quand il est en butte à des poursuites acharnées, ne point rappeler le temps où son persécuteur parlait sans cesse de liberté?

Mais on est allé plus loin; on a porté à la tribune les indiscrétions sur la vie privée. Ce n'était plus la satire politique, c'était abaisser le pamphlet jusqu'au libelle. Eh bien, passe encore! car dans ce temps de luttes corps à corps on n'a pas le droit de dédaigner une arme que l'adversaire emploie.

Passe encore, si, après une de ces scènes orageuses où l'on essaie de vaincre l'ennemi par le mépris, quelqu'un essayait parfois de triompher du même ennemi par la discussion.

Hélas ! cette heure ne vient guère ; ou si elle vient, l'ennui arrive avec elle, ennui enfanté et par la futilité des auditeurs et par l'insuffisance des démonstrateurs.

De sorte qu'on a changé la définition de l'éloquence; qu'on a remplacé l'art de persuader par l'art d'irriter.

Toutes ces violences, toutes ces injures, toutes ces colères nous étonnent souvent à Paris, et elles nous semblent dépasser le but ; nous en nions l'utilité, nous les accusons même d'être nuisibles à la cause qu'elles prétendent défendre. Cela est tout naturel. Les relations privées dans les grandes villes sont en général courtoises entre adversaires politiques. Un certain scepticisme aimable qui fait qu'on ne se passionne plus pour rien, empêche qu'on se hausse jusqu'à l'indignation. On estime surtout l'esprit et l'agrément des personnes et l'on préfère passer une heure en compagnie d'un ennemi spirituel qu'en face d'un ami ennuyeux. On rit de toutes choses et surtout de ses propres convictions ; on est heureux de les défendre en se jouant et on ne se déplaît pas à les entendre contester. Aussi, ces grandes tirades, ces objurgations, ces malédictions contre des hommes avec lesquels on a des rapports sympathiques semblent hors de la réalité et bien au-dessus du ton juste. D'autre part, on ne s'aperçoit guère dans les grandes villes, de la puissance qu'exercent les ennemis triomphants ; quand on n'est pas en situation de prétendre à cette puissance pour soi-même, on la considère sans colère. Qu'importe à la plupart d'entre nous que M. X... soit préfet de police ou ministre ? On n'en éprouve à Paris aucun froissement, indépendant qu'on est presque toujours de l'autorité publique. Même au point de vue des positions sociales, de la vanité, on n'est blessé à aucun degré de la prééminence d'un parti hostile. L'homme bien né, élégant, riche, le grand financier, l'industriel qui a réussi, l'écrivain, l'artiste, l'orateur gardent leur supériorité vis-à-vis des plus grands personnages pourvus d'une fonction. Dans ces foules charmantes qui englobent toutes les aristocraties parisiennes, aristocraties de nom, de luxe, d'argent, de talent, chacun reste à son rang malgré le triomphe de la République. Un ministre est tout petit garçon dans un salon de bonne compagnie, et il attire beaucoup moins l'attention que tel homme à la mode ou que tel artiste acclamé.

A aucun point de vue, par conséquent, on n'est, à Paris, violemment blessé et personnellement irrité contre ses adversaires. Aussi les explosions d'indignation et de haine détonnent et déconcertent.

Mais en province il en est autrement ; là c'est la bataille acharnée, réelle, la bataille de chaque instant où tout est en péril, repos, fortune, vanité, dignité.

On est en pays ennemi, tandis qu'à Paris après qu'on a fait son discours ou son article, on rentre dans la paix, comme un soldat de théâtre qui dépose son uniforme et sait très-bien que, hors de la scène, ses adversaires ne l'attaqueront plus. En province, les haines s'alimentent sans cesse. Point de trêve. A toute heure il faut se défendre. Les relations sont interrompues entre adversaires. Se saluer, quelle concession ! Se parler, quelle trahison ! Et, pour souligner davantage ces antipathies et ces rancunes, chaque heure rapproche matériellement les ennemis qui moralement sont si fort séparés. Aucun moyen de se soustraire à une promiscuité de chaque jour. C'est ainsi que les inimitiés éternellement excitées par la vue des ennemis deviennent actives. Il n'est point de bassesse qui répugne lorsqu'il s'agit de nuire, pas de perfidie qui indigne, quand il s'agit d'humilier. Dénonciations, calomnies, injures, tout est mis en œuvre. Et avec quel succès pour celui qui détient le pouvoir ! Comment se soustraire à l'autorité en province ? Le maire, les conseillers municipaux sont des potentats qui pénètrent dans votre vie, lèsent vos intérêts, entravent votre industrie. Le préfet, armé d'une bande d'employés laissés sans merci à son caprice, peut beaucoup ; l'autorité municipale peut davantage.

Et il faut voir avec quelle arrogance ces petits monarques usent de leur nouveau pouvoir. Presque tous, et c'est là le vice fondamental de la République, sont des déclassés et des impuissants. A Paris, le parti républicain compte dans ses rangs, et surtout en tête de ses rangs, des hommes de la plus haute valeur. Il s'appuie sur des personnages considérables par leur fortune ou leur mérite, et il ne le cède guère à ses adversaires que sous le futile rapport de la naissance ; (d'autres ajoutent sous le rapport de la bonne éducation, mais aujourd'hui c'est un mot qu'il ne faut plus prononcer quand on parle politique).

Certes, même à Paris, on compte aussi parmi les républicains des bohêmes promus hommes d'État ; mais, sauf les nouveaux arrivés de leur collège électoral, tous s'essaient à la tolérance et à la modération.

Au fond des campagnes rien de semblable. La rudesse est entière. On veut faire sentir qu'on s'est élevé.

En général, dans tous les cantons de France, il y a un notaire habile et honnête, un autre notaire paresseux et suspect ; un médecin éclairé et occupé, un autre médecin inoccupé et ignorant ; des propriétaires laborieux et aisés, d'autres propriétaires joueurs et endettés ; un juge de paix régulier et intègre, un aspirant juge de paix débauché et partial ; un industriel riche et solvable, un industriel sans crédit et sans clients. Or, c'est un fait que l'expérience démontre : le notaire paresseux, l'industriel sans crédit, le propriétaire endetté sont républicains. Est-ce la conséquence de l'idée républicaine ? Ce serait folie de le prétendre. La raison en est que jusqu'à ces trois dernières années, le parti républicain est resté dans l'opposition et que, par conséquent, les mécontents de de toute sorte s'y sont attachés, par cette considération tout enfantine que, dans la colère, on veut briser quelque chose et par cette autre considération tout humaine, qu'on va où l'on est bien reçu. Or ceux qui ne réussissent pas ne sont guère bien reçus par les satisfaits. Si la République durait vingt ans, il est probable que le même résultat se produirait pour les partis monarchiques et qu'ils seraient renforcés de toutes les épaves des diverses carrières.

Qu'on se figure donc la joie impertinente de tous ces malheureux arrivés enfin à l'autorité ! Cette joie a besoin de s'affirmer, car sous beaucoup d'autres rapports la situation de nos nouveaux maîtres n'a pas changé. La confiance des clients ou des créanciers ne leur est pas venue ; ils sont toujours inquiets, gênés, traqués. C'est donc la puissance seule qu'ils ont acquise et ils veulent l'étaler ; pour cela il faut qu'ils en usent et ils en usent avec exubérance et prodigalité.

Toute formalité soulève une difficulté, toute irrégularité un procès, tout procès une injustice. Allez donc plaider devant un juge de paix homme d'affaires, et espérez qu'il vous donnera raison à vous qui ne l'avez pas chargé jadis de vos intérêts. Demandez donc un acte de sa fonction à un maire médecin qui ne vous soignait pas, vous le gros propriétaire, et vous verrez avec quelle politesse recherchée vous serez accueilli. Ayez donc une affaire à recommander à un huissier conseiller général que vous avez surpris deux fois en flagrant délit d'irrégularité, et vous saurez bientôt quel sera le succès de vos vœux, fussent-ils les plus justes du monde. Or, comme en province les rapports avec l'autorité sont journaliers, ces froissements deviennent plus intolérables que de véritables persécutions.

Comment donc s'étonner que les partis vaincus, bafoués, injuriés, approuvent avec enthousiasme certaines brutalités qui offensent notre délicatesse à nous autres Parisiens, très-tolérants parce que les changements politiques restent pour nous dans le domaine des théories ?

Comment s'étonner que de pauvres gens qui, du matin au soir sont traités de haut en bas, s'emportent en acclamations, quand ils entendent des hommes qui rendent mépris pour mépris et qui bravent sans hésitation les chefs de ces tyranneaux devant lesquels chacun s'incline en enrageant ? Le bon goût peut s'étonner, la raison comprend et excuse.

Mais ne pourrait-on en même temps combattre la République d'une façon différente ?

Comment on pourrait combattre les républicains.

La République a des ennemis, mais elle a aussi des adversaires qui ne s'emportent pas et qui raisonnent. Ceux-là ne sont pas républicains, ils n'aiment pas la forme républicaine, la République s'est faite sans eux et contre eux. Ils ont de toutes les façons crié au pays que le gouvernement par les assemblées ne présente ni garanties de lucidité, ni espérance de stabilité ; que les réformes s'y font par caprices ou ne se font pas du tout. Le pays ne les a pas écoutés et a choisi la République. Les adversaires de la République en ont été attristés mais ils n'ont pas nié l'évidence.

Ils n'ont pas prétendu que les élections législatives ne prouvaient rien. Certes beaucoup d'entre eux auraient préféré une réponse directe, beaucoup sont partisans de l'appel au peuple et croient qu'un oui ou un non est plus significatif que le choix d'un mandataire ; que, par conséquent, il peut exister un écart entre le résultat d'un plébiscite et celui d'une élection législative. Mais ils comprennent que, si grand que soit cet écart, il ne saurait combler la différence qu'on constate aujourd'hui entre le chiffre des représentants républicains et celui des députés monarchistes et bonapartistes. Ils concluent donc, en maugréant, que le pays veut la République et ils partent de cette idée pour régler leur ligne de conduite.

Si le pays veut la République, quel est le droit et le devoir de ceux qui n'aiment pas la République ? De détromper le pays, ou de reconnaître qu'ils se sont trompés eux-mêmes.

Pour détromper le pays le procédé est simple. Laisser la République agir à sa guise et signaler simplement ses fautes, en indiquant ce qu'il eût été possible de faire dans la circonstance donnée. Pour cela point n'est besoin de colères et d'injures.

En insultant, en s'emportant, on excite les passions de beaucoup de gens qui, en voyant outrager une forme de gouvernement qu'ils ont choisie, se sentent outragés eux-mêmes et ne songent plus qu'à défendre leurs élus.

En démontrant posément que les intérêts du pays ne sont pas sauvegardés, on amènerait tout le monde à réfléchir et la réflexion serait en ce moment fatale à la République.

Non point que des catastrophes semblent prochaines.

Non, il existe un énervement général qui sauvegardera encore la sécurité publique. Mais le malaise est incontestable. On n'a (et c'est là exactement le point faible), ni la sécurité d'une placide monarchie, ni le progrès d'une république aventureuse. On ne souffre pas, on sommeille, mais au milieu d'une sorte de cauchemar et avec la crainte vague d'un réveil brutal.

Pourtant il se peut que les adversaires de la République, au lieu d'arriver à détromper le pays, soient forcés de convenir qu'ils se sont trompés eux-mêmes. Certes ce moment n'est pas venu et il est peu probable qu'il vienne jamais. Mais on doit accueillir en politique les hypothèses les moins vraisemblables pour se prémunir contre toutes les éventualités.

Une République sinon parfaite du moins prospère et réformatrice ! Voilà qui étonnerait fort les adversaires de la République, mais qui les réjouirait plus encore. A l'encontre des ennemis de la République qui souhaitent hautement le pis pour arriver au mieux, les adversaires souhaitent hautement le passable. Pour eux, la forme du gouvernement et les personnes des gouvernants sont choses secondaires. Si, avec des outils qu'ils croyaient mauvais on fait de bonne besogne, ils rougiraient d'entraver ou même de critiquer cette besogne.

Parmi ces adversaires, il en est de deux sortes. Les uns, le jour où leur conscience leur dirait que la République fait le bien du pays, auraient non-seulement le droit mais le devoir de se rallier à elle. Ce sont ceux qui n'ont rien reçu des partis hostiles à la République, mais qui leur ont au contraire apporté le concours de leur talent ou de leur dévouement. Il serait injuste d'obliger ceux qui ont donné à donner encore, simplement parce qu'ils ont donné.

Mais il est d'autres hommes qui, eussent-ils les

yeux éblouis par la splendeur de la République, ont le devoir de se relever sur leur chemin de Damas, non pas pour revenir sur leurs pas, mais pour s'écarter de la route et se tenir désormais dans une retraite absolue.

Tous ceux qui ont servi les gouvernements tombés; tous ceux qui ont eu avec les princes des relations personnelles; tout ceux qui, même dans l'opposition, ont gagné popularité, influence, gloire, sont enchaînés à leur erreur première. Ils en ont profité, ils doivent en subir les conséquences et s'ils regrettent de priver le pays de leurs lumières, ils l'édifieront du moins par leur sincérité. Entre leur conscience qui dit: « le bien du pays est là » et leur reconnaissance qui leur répète: « reste avec tes amis, » ils n'ont qu'un parti à prendre, se taire.

Pour nous résumer: à l'heure actuelle les ambitieux peuvent seuls abandonner leurs idées pour acclamer la République.

La République n'a rien fait encore qui soit de nature à réconcilier ses adversaires avec elle. Il faut la combattre avec la modération qu'on doit montrer chaque fois qu'on se trouve en désaccord avec les préférences nettement exprimées par la nation. Et le jour où certains d'entre nous devraient se convertir n'apparaît que dans les brumes d'une prospérité très-lointaine et très-improbable.

DEUXIÈME PARTIE

Irons-nous à la Monarchie ?

A en juger par la similitude que quelques bonapartistes ont paru établir entre l'Empire et la Monarchie, il semblerait qu'à cette question, on dût répondre : oui, et pourtant nous disons : non, mille fois non ! Les conservateurs à outrance qui se détacheront de l'Empire pour suivre le comte de Chambord ou le comte de Paris ne feront que débarrasser le parti bonapartiste d'alliés encombrants et dangereux. A cet égard la scission qui se produira peut-être sera salutaire.

Comme le parti bonapartiste paraissait plus robuste et plus heureux que les autres partis monarchiques, toute une bande d'ennemis affolés de la démocratie s'était rangée derrière l'Empire, sans rien comprendre, à sa pensée, y cherchant seulement un appui pour des haines. Si ces nouveaux venus n'eussent fait que demander un asile, ils n'auraient été que gênants, mais leur influence s'est exercée d'une façon déplorable. L'Empire s'est laissé séduire par eux. Ils apportaient des avantages apparents, ils parlaient de leur influence, de leurs relations, de leur passé et ils ont égaré l'esprit de plus d'un impérialiste de bonne foi.

De là sont venus ces compromis désastreux, ces alliances néfastes avec les fauteurs du 16 mai, ces furibondes professions de foi religieuse, en un mot toutes ces erreurs qui ont jeté certains amis de l'Empire hors de la voie que la logique les engageait à suivre.

Les conservateurs à outrance vont bientôt s'enfuir à tire d'ailes; rien ne les retient plus; car les répugnances que l'Empire conséquent avec lui-même inspire fatalement aux adversaires acharnés de tout changement rejetteront bien vite vers les monarchies anti-démocratiques ces recrues d'un jour.

Tant mieux! car les bonapartistes comprendront leur véritable rôle en se voyant abandonnés par ceux auxquels ils ont sacrifié une part de leur popularité. On l'a dit, répété et prouvé à satiété, l'Empire n'est essentiellement conservateur ni dans ses origines ni dans ses traditions, ni dans ses conséquences.

Son fondateur a donné un corps à beaucoup d'utopies révolutionnaires; ses droits s'appuient sur la souveraineté nationale, le plus instable des principes; ses hommes appartiennent pour la plupart aux classes démocratiques; son second souverain Napoléon III a introduit dans la législation les seules idées socialistes qui aient jamais été mises en pratique dans notre pays. L'Empire n'est pas *clérical*, c'est-à-dire ne permet à aucune religion de tenir en échec l'influence de l'État; et le Concordat, s'il était appliqué à la lettre, réduirait l'Église à une stricte vassalité.

Donc, l'Empire doit être suspect aux conservateurs et aux catholiques trop ardents, d'autant plus que, suivant en cela sa loi principale qui est une loi de progrès, il ne devrait pas en rester au point où l'ont laissé Napoléon I et Napoléon III. Les modifications qui paraissaient suffisantes autrefois sont de beaucoup dépassées par les vœux de l'opinion publique.

Les plus profondes réformes sont acceptées et désirées aujourd'hui par tout ce qui pense. Les impôts, les lois civiles et criminelles, les rapports du capital et du travail ne sont plus conformes au sentiment de la majorité. L'Empire a donc à se renouveler. Son programme ne doit être, d'après son principe même, qu'une sorte de thermomètre qui marque le point où est parvenue l'opinion du pays. Or, quand on examine cette opinion qui s'est traduite par les promesses qu'a approuvées la corps électoral, on comprend que les conservateurs obstinés ne sauraient aimer un régime dont la formule consiste à suivre les vœux du suffrage universel.

L'Empire, tel qu'il peut se présenter, aidé de cette chance singulière que les républicains n'ont pas exécuté leur programme et qu'il a qualité pour le reprendre en grande partie à leur place, l'Empire est donc fait pour effrayer les réactionnaires.

Et pourtant, ils se sont portés en foule vers lui,

écartant et éloignant, pour se faire place, les masses démocratiques qui, ne reconnaissant plus l'Empire traditionnel, s'en sont détournées. Aujourd'hui, une fraction des bonapartistes, conséquente avec ses aspirations et ses idées, ira à la Monarchie; mais pas un bonapartiste véritable ne la suivra.

Le bonapartisme ne sera abandonné que par ceux qui étaient bonapartistes par résignation et légitimistes par goût. Les autres, livrés à leurs propres sentiments, auront plus de facilité pour revenir entièrement aux principes de l'Empire. Et s'ils le font, leur parti retrouvera une nouvelle vigueur.

Les conservateurs exagérés, les légitimistes effrayés, et les autres fanatiques ne nous aideront plus alors de leurs haines impuissantes ! Peu importe ;que vaut l'alliance de ces frénétiques? Jamais sans doute leurs emportements n'ont été si furibonds. Les journaux de bonne compagnie se livrent à de grossières plaisanteries qui enchantent leurs aristocratiques lecteurs. Certains archevêques parlent comme des pamphlétaires ; certains moines comme des ligueurs. Il y a une exubérance de colère qui ne s'explique que par la faiblesse. Si ces violents se sentaient de force à lutter, ils seraient calmes mais ils se voient perdus et ils s'agitent. Perdus ! Et en effet la plus vulgaire logique les condamne.

En matière religieuse il existe trois théories. La première affirme l'excellence d'une doctrine religieuse que l'État reconnaît comme vraie et qu'il défend ; c'est le système de la théocratie et de l'inquisition, système que l'on peut approuver d'une façon très-plausible et qui est raisonnable lorsque la nation tout entière est persuadée de la vérité de certaines croyances. Si le bonheur éternel de chacun dépend de la foi à une révélation divine, il est juste qu'une nation, qui est persuadée de la réalité de ce bonheur éternel, défende sa foi, même au moyen des supplices. Jamais un logicien ne condamnera l'inquisition. L'intolérance est le criterium de la conviction. Le croyant ne saurait dans sa conscience tolérer qu'on batte en brèche les sentiments qu'il considère comme essentiels. Insulter l'Église, c'est insulter sa mère. Nier la vérité du dogme, c'est semer parmi les âmes des germes de damnation. C'est un empoisonnement pour l'éternité. S'il conserve, non point même cette foi vivace qui transporte les montagnes, mais simplement quelque parcelle de confiance dans la vérité des doctrines qu'il professe, il aura le devoir strict d'arrêter par tous les moyens cette propagation du poison. S'il est tolérant, c'est qu'il ne croit que superficiellement.

Sauver les âmes, est le premier but que doit se proposer un fidèle. Or point de salut hors de l'Église ; donc il faut retenir les âmes dans le sein de l'Église envers et contre tous. De là le dogme de l'intolérance, nécessaire, indispensable.

La seconde théorie est celle du doute. C'est la théorie de notre temps. L'État ignore si les dogmes enseignés par les religions sont véridiques. Il ne sait pas si la négation de ces dogmes est juste. Il doit donc protéger à la fois la négation et l'affirmation. Or, en pratique, dans les lois actuelles, cette théorie est un peu démentie. L'État qui ne sait pas si les croyants ou si les incrédules ont raison, protège évidemment les croyants. Il leur donne le droit de se réunir publiquement pour traiter de matières sociales, le droit de former des associations qui reçoivent leur inspiration de l'étranger; il leur concède des édifices à titre gratuit et leur accorde des dignités et des traitements.

En un mot, il prend parti. Tant par exemple qu'on

pourra insulter les doctrines du transformisme, de l'évolution etc., etc., et qu'on devra s'arrêter dans l'appréciation du christianisme, l'État mentira à ses théories en matière religieuse.

C'est le mépris de la théorie du doute qui conduit à la troisième théorie où l'État, prenant parti pour la négation, poursuit et persécute l'affirmation. Pour éviter cette odieuse extrémité il est temps d'appliquer entre croyants et incrédules une exacte et impartiale justice.

Or les croyants acharnés s'y refusent et dès qu'il s'agit de leur arracher le moindre de leurs priviléges ils s'exaspèrent. Les bonapartistes les ravitaillent de sarcasmes et de colères et, tous ensemble, ils marchent à la conquête du pouvoir.

En dehors de cette alliance semi-politique semi-religieuse où les uns compromettent les autres, tant les doctrines sont diverses et tant par conséquent l'association semble bizarre, qu'ont imaginé les bonapartistes? — Rien.

Une nation ressemble à une femme. Quand on lui demande ses faveurs, il faut lui promettre quelque chose, plaisir ou profit. Les bonapartistes ne lui promettent jusqu'ici que des coups de bâton ; ce n'est point assez pour la séduire.

Sur quel point en effet lui ont-ils offert une réforme, même avec l'intention de ne pas l'accorder? La pudeur des hommes d'État consiste à paraître désirer le pouvoir pour améliorer la situation de tous. Eh bien ! comment les bonapartistes justifient-ils leurs prétentions au gouvernement? Ils semblent étrangers à tous ces appétits de transformation qui assiègent notre pays en un temps de transition ; presque aussi étrangers que les républicains qui nous gouvernent. Aussi les bonapartistes n'expliquent-ils leur retour possible aux affaires que par la crainte d'une catastrophe et d'une ruine générales. Mais cette considération ne prévaut pas.

Le pays est tellement fatigué de cette lutte qui dure depuis cinquante ans entre les idées du passé et les idées modernes insérées à dose égale dans les institutions, entre des lois de tradition et des lois de raison, entre les restes de l'ancien régime et les embryons du régime nouveau, qu'il veut que la logique s'introduise dans cet amas disparate, dût tout le vieil édifice s'écrouler.

Aussi ce ne serait qu'en subissant la catastrophe

elle-même qu'on réclamerait quelque sauveur !

Il faut donc faire de l'Empire autre chose qu'une monarchie pourvue d'un nom différent. Sans cela pourquoi imaginer une quatrième dynastie professant des principes identiques à ceux de la troisième ? Cette troisième dynastie n'est pas composée de rois fainéants ou de Carlovingiens imbéciles. Elle est représentée par un chef parfaitement épris de logique, d'un caractère remarquablement résolu, qui n'a jamais pactisé avec les idées subversives et qui offre plus de garanties pour la résistance que les Bonaparte, ces amants intermittents de la Révolution. Elle a pour espérance une série de princes incontestablement distingués, une lignée jeune, vigoureuse, mêlée à toutes les occupations du pays, tenant des situations éminentes dans plusieurs carrières, ayant donné de larges preuves d'intelligence, préoccupés des questions vitales. Pourquoi remplacer cette maison solide et saine par une autre famille, si les traditions de cette famille qui seules font comprendre ses prétentions, restent ensevelies dans un passé qu'on n'invoque plus ?

Pourquoi ? C'est que les traditions de cette famille peuvent revivre et qu'elles revivront.

TROISIÈME PARTIE

Nous resterons à l'Empire.

Et c'est le moment, non seulement d'y rester, mais d'y revenir. Ceux qui, depuis longtemps, s'inquiétaient de voir le parti bonapartiste errer au gré de ses rancunes et de ses sympathies ; ceux qui s'irritaient de s'en aller à la remorque d'idées qu'ils ne partageaient pas ; ceux qui cachaient leurs opinions dans leur cœur, ne sachant plus s'ils appartenaient à un parti dont l'attitude les étonnait, ceux-là doivent prêter l'oreille et se tenir prêts à affirmer leur foi politique avec plus d'ardeur que jamais !

Le parti bonapartiste, s'il daignait, et il daignera, serait un redoutable adversaire pour la République. Il répond aux deux besoins impérieux de notre société moderne. Il assure l'ordre par l'autorité, et l'égalité par la démocratie. Né de la Révolution, en ayant parfois appliqué les doctrines, défenseur du suffrage universel direct, il ne lui manque rien pour capter les sympathies du peuple. D'autre part, s'appuyant sur la force, il rassure les classes favorisées. Il lui est donc loisible de faire en sécurité, à l'abri de cette force, les réformes qui, opérées même en partie par la République, susciteraient des inquiétudes et des désordres. Sans doute, le souvenir de récents désastres a ajourné la restauration du régime impérial; mais les plus lourdes fautes n'empêchent pas l'équilibre de se faire entre une nation et le gouvernement qui est conforme à ses besoins. Un peuple finit toujours par avoir, non pas le gouvernement qu'il mérite, mais le gouvernement qu'il lui faut. De même que la science nouvelle affirme que ce sont les besoins des êtres animés qui ont fait leurs organes, de même les besoins des nations font les régimes dont celles-ci sont définitivement pourvues. L'Empire n'a donc qu'à rester lui-même pour qu'un jour, inévitablement, il s'adapte sans effort au gouvernement de cette France, soucieuse d'être menée par la force au bien-être.

Sans doute ! mais cet Empire, il faut qu'il s'incarne dans un homme. C'est la force et la faiblesse des monarchies que cette personnification indispensable de l'idée. Existe-t-il un homme ?

Héritier ?

Un parti d'appel au peuple ne saurait reconnaître une hérédité quelconque. Rien de plus contradictoire que les idées d'hérédité et de souveraineté populaire. Si le peuple est le maître unique, il a toujours le droit de révoquer son choix. Et de plus, comme d'après la doctrine plébiscitaire, les générations présentes n'ont pas le droit d'enchaîner les générations futures, la mort de celui qu'a choisi le peuple rend évidemment aux électeurs la parfaite liberté de leurs droits.

Qu'était donc le Prince Impérial? Un candidat préféré. Rien de plus. Il l'avait du reste reconnu lui-même avec une grande noblesse, lorsque, dans le discours qu'il prononça à l'époque de sa majorité il disait : « *Quand l'heure sera venue, si un autre gouvernement réunit les suffrages du plus grand nombre, je m'inclinerai avec respect devant la décision du pays.* » Telle est la vraie doctrine, celle qui seule soutient la discussion.

Mais pourquoi avoir choisi le Prince Impérial comme candidat? Parce que les amis de l'Empire voyaient dans le nom de Napoléon un symbole; parce que ce nom signifie démocratie et progrès, sous la sauvegarde d'une autorité ferme; parce que ce symbole connu des plus petits et des plus obscurs s'impose plus qu'aucun autre drapeau; parce que, d'autre part, l'éducation donnée au Prince nous assurait qu'il conserverait les traditions de sa famille; enfin, parce que sa personnalité si distinguée et si généreuse donnait l'espérance d'un règne utile et prospère.

Sans exception le parti bonapartiste accepta cette candidature. Candidature seulement, car nul n'appela jamais le Prince : « Votre Majesté. » Et pourtant, d'après le sénatus-consulte de 52, le Prince Impérial était Empereur dès la mort de son père, comme aux yeux des légitimistes le comte de Chambord est le Roi. Donc la situation du Prince fut, de l'avis des plus dévoués, celle d'un candidat, seulement d'un candidat.

Une candidature ne se transmet pas. Le parti bonapartiste est donc libre de porter ses suffrages sur celui qu'il veut, et les chefs de ce parti, à l'exemple des comités qui proposent et soutiennent un candidat, peuvent fort bien décider que le premier venu sera leur Empereur futur si le peuple y consent.

Mais alors il ne faut plus qu'ils parlent des plébiscites passés et des consécrations données par des millions de voix. Ce que le pays a approuvé en 52 et en 70, c'est la transmission du pouvoir de mâle en mâle dans la famille de Jérôme Napoléon (à défaut d'héritier légitime laissé par Napoléon III) sans qu'aucun Empereur, sauf Napoléon III, ait le droit de changer par adoption l'ordre de succession. S'ils ne se conforment pas à cette loi, les bonapartistes font table rase.

Cela vaut peut-être mieux, ils reviennent à l'origine même de leurs principes. Seulement il faut que leur nouveau candidat justifie par une raison quelconque son élévation. S'ils trouvent un grand homme, tout va bien. Mais le trouveront-ils ?

Pourquoi n'avons-nous pas un grand homme ? Où

es-tu génie inconnu ? Dors-tu dans quelque corps de garde ? Attends-tu anxieux la bonne volonté de quelque éditeur impitoyable ? Pérores-tu dans quelque club interlope ? Réfléchis-tu au milieu de splendeurs princières ? Ah ! lève-toi, il en est temps. Qui que tu sois, il y a une légion d'hommes qui aspirent à toi et qui ne demandent qu'à t'acclamer. Car si tu es vraiment grand, tu sauras ce qu'il faut à ce pays ; tu comprendras que tout cet attirail de lois vermoulues, de préjugés contradictoires, de principes en pourriture a besoin d'être profondément modifié, mais, qu'en même temps, il faut qu'une main solide maintienne debout cet attirail pendant qu'on le réparera, afin que la civilisation ne soit pas écrasée sous ses ruines. Grand homme, quand viendras-tu ?

Hélas ! on ne le voit guère apparaître. Il s'est sans doute donné en menue monnaie et nous en trouvons peut-être les miettes dans nos cinq cents hommes illustres. S'il apparaissait, ni souvenir, ni fidélité ne prévaudraient. Il serait le vrai pouvoir qui doit remplacer la République.

Mais les bonapartistes ne nous semblent pas avoir besoin de le chercher bien loin.

Que faut-il aujourd'hui ? Un homme de haute intelligence qui soit pénétré largement des théories démocratiques ; car s'il est tout un côté de la doctrine bonapartiste qui est resté intact, le côté de l'autorité, tout ce qui, dans cette doctrine, se réfère à l'idée de progrès démocratique a disparu, sauf cependant l'idée d'appel au peuple qui survit, malgré l'obscurité dont on l'environne. — A part un groupe excessivement restreint qui ne jouit d'aucune influence et qui est mis éternellement en suspicion, le parti bonapartiste tout entier tend à devenir un parti légitimiste d'espèce nouvelle, empruntant à l'ancienne monarchie ce qu'elle a d'anti-populaire, en rétablissant les préjugés, en exagérant les sympathies et les faiblesses pour le clergé.

Il faut que le bonapartisme reprenne son aplomb, qu'il cesse de pencher à droite et qu'il rende une légitime influence aux hommes qui insistent sur le caractère démocratique de sa mission. — Eh bien ! à ce titre la présence du Prince Napoléon comme chef de la famille Bonaparte est particulièrement avantageuse. Le Prince Napoléon peut se taire, son nom parle pour lui.

Le nom du Prince Napoléon est entouré d'une légende qui lui a nui, mais qui lui sera utile.

Pour les catholiques, c'est l'ennemi, c'est le persécuteur ; rien n'est plus faux. Le Prince Napoléon, esprit particulièrement réfléchi et posé, peu accessible aux enthousiasmes et aux haines, n'est point assez maladroit pour fournir à l'Église les avantages d'une persécution. — Mais cette renommée usurpée l'empêche d'être jamais suspect de partialité pour l'Église, et sa présence comme chef de la famille Bonaparte répare les fautes que la propension exagérée pour les idées catholiques a fait commettre au parti de l'Empire.

Le nom du Prince Napoléon est un symbole. « Le prince de la populace ! » a-t-on dit. Rien de moins juste. Le Prince Napoléon particulièrement mêlé aux questions de politique extérieure, engagé naguère dans toutes les négociations diplomatiques et les ayant suivies de telle sorte que, si ses avis avaient prévalu, la France eût été sauvée, allié à tous les souverains d'Europe, est peu enclin aux flatteries populacières. — Mais l'Empire s'est si fort compromis avec les aristocraties en détresse que tout ce qui semblerait le rapprocher du peuple serait une bonne fortune.

Le Prince Napoléon passe pour s'être séparé brutalement de son parti. — Roman inexact! — L'histoire de cette brouille célèbre engage bien des responsabilités.— Mais tant mieux, mille fois! si l'on s'imagine que certaines tendances du parti bonapartiste ont été la cause de cette rupture, parce qu'on comprendra que le Prince a abandonné définitivement une partie de cette politique.

Sans doute le Prince Napoléon qui a reconnu la légalité des institutions actuelles ne saurait devenir un prétendant et c'est là sa force. Il ne fera rien, il ne peut rien faire pour précipiter la chute de la République; il ne dirigera pas une attaque qui ne doit pas se produire. Mais les adversaires raisonnables de la République sauront que, si un jour celle-ci sombre dans l'impuissance, ils ne se trouveront pas sans chef en face de la réaction monarchique ; et, le cas échéant, plus d'un républicain résolu et sincère les approuverait et les aiderait.

Il faut compter avec les faits évidents, quelque préférence qu'on puisse éprouver soi-même. Or, comment le nier? Partout les démocraties attaquent et partout elles obtiennent l'avantage. Sans doute il y a des heures de recul mais la marche s'accentue en avant. Les idées révolutionnaires d'il y a trente ans semblent réactionnaires aujourd'hui. En Allemagne le socialisme, en Russie le nihilisme font trembler les empereurs. En Italie ce sont des démocrates qui gouvernent. En Espagne les émeutiers d'autrefois sont aux affaires. La vieille Angleterre voit naître les théories les plus formidables. Or on ne rend les démocraties fécondes et on ne les arrête dans leurs excès qu'en en prenant la tête.

Le Prince Napoléon est désigné pour ce rôle. Il n'est ni un factieux, ni un prétendant, ni un opposant, ni un candidat. Il est tout simplement une espérance.

Quelle est donc, pour conclure, la situation du parti bonapartiste?

Les conservateurs passionnés et exagérés doivent le quitter sans hésiter. Qu'ils aillent à la Monarchie légitime qui seule peut les défendre avec logique et profit.

Ceux au contraire qui se défient de la République, mais qui veulent le progrès avec l'ordre, les réformes avec l'autorité, qui sentent que les républicains sont inévitablement condamnés à l'inertie ou au désordre viendront aux idées impérialistes. Elles gagneront à cet échange plus de soldats qu'elles n'en perdront.

Tant qu'il y aura en France un peuple laborieux, soucieux de son bien-être, aspirant à s'affranchir de son quasi-servage et voulant se voir protégé contre les intrigants et les bavards, ce peuple appellera César. Et quand un peuple appelle César, il se trouve toujours quelqu'un qui, lorsque les statues de la République sont renversées, se lève et se tient debout sur leurs débris.

TABLE

PREMIÈRE PARTIE.

DEUXIÈME PARTIE.

TROISIÈME PARTIE.

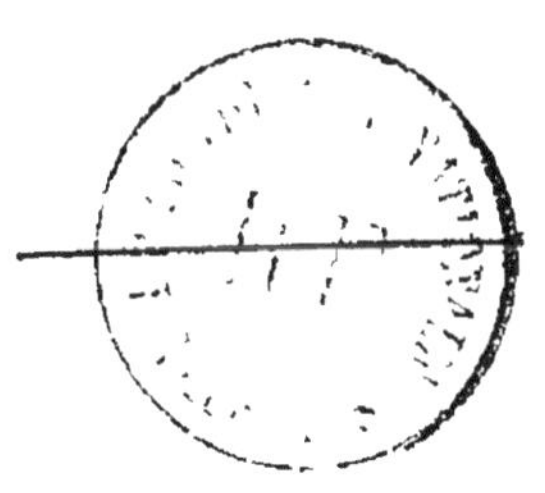

Paris. — Imp. de E. DONNAUD, rue Cassette, 1.

www.ingramcontent.com/pod-product-compliance
Ingram Content Group UK Ltd.
Pitfield, Milton Keynes, MK11 3LW, UK
UKHW020417230726
13925UKWH00004B/1477